Merci à Didier pour cette ode à l'art et à la nature,
où la créativité renoue le dialogue avec l'environnement !
Et merci à ma famille.

L. Z.

Directeur de publication : Frédéric Lavabre - Collection dirigée par Emmanuelle Beulque - Maquette : Xavier Vaidis, Claudine Devey
 www.editions-sarbacane.com - facebook.com/fanpage.editions.sarbacane - instagram.com/editionssarbacane

Dépôt légal : 2e semestre 2021. ISBN : 978-2-37731-647-2- Achevé d'imprimer en août 2021. Première édition.

Certifié PEFC

Ce produit est issu de forêts gérées durablement et de sources contrôlées.

PEFC 10-31-2065

pefc-france.org

IMPRIM'VERT®

Ce livre a été imprimé et fabriqué en France par l'imprimerie Pollina certifiée IMPRIM'Vert. Encres à base d'huiles végétales, matériaux respectant l'environnement, papier et carton issus de forêts durablement gérées selon la norme PEFC, conformité aux normes européennes.

Puis il n'a parcouru que 410 km pour être livré à notre distributeur.

Le Visiteur

Didier Lévy
Lisa Zordan

Sarbacane

Tout près, il y a la jungle.
Mais ici, c'est le désert.
Un monde de pierres,
de bouts de bois épars et de soleil.
Ici, personne ne vient jamais.
Enfin, en principe. . .

Car voilà qu'apparaît au loin
une sorte de pingouin,
avec sac à dos et ombrelle.
Arrivé là, il s'arrête.

Dans la jungle toute proche, les copains l'ont repéré, ce drôle d'oiseau. Ils grimpent déjà sur les hautes branches pour mieux le voir. Et déjà, sur les hautes branches, on s'étonne.
On se passe les jumelles. On commente ses faits et gestes.
Je dois dire que je ne suis pas le dernier à me moquer de lui.

À présent, le pingouin ramasse des pierres et des morceaux de bois. Sur les hautes branches, on se dit qu'il va se faire une maison. Et surtout, on se dit qu'il est complètement zinzin de se faire une maison là. Mais on ne tarde pas à voir qu'il est bien plus zinzin que ça. Il ne construit pas une maison, non.

Il fait des choses avec les pierres.
Des trucs. Il les dispose patiemment
sur le sol.
Puis, quand il a terminé ses. . . comment
appeler ça ?. . . ses pingouineries,
il les photographie.

Et attention, c'est là qu'on atteint
le sommet de la dinguerie, quand il
a terminé, il remet les pierres comme
elles étaient avant. Oui, avant.

La nuit venue, il dort sous son ombrelle.
Et le lendemain, il recommence. Et ainsi de suite les jours suivants.

Mais à force de le voir faire, ça devient contagieux, ces pingouineries.
Je commence à avoir envie de ramasser des choses, moi aussi.
Évidemment, comme les copains vont se moquer, je réfléchis.

Je pars discrètement dans la jungle, et je rassemble des nids de guêpes abandonnés. Au petit matin, quand tout le monde dort encore, je les dispose face à la forêt, là où le sol est blanc et plat.
Puis je grimpe à l'arbre. Et j'attends...

Tout le monde se réveille.
Le pingouin sort de son ombrelle-tente.
Mes copains bâillent, s'étirent... et tous
découvrent ma pingouinerie à moi.

Aussitôt les commentaires fusent. Ils commencent à avoir l'œil, les copains. Ils voient bien que mon machin est différent de ceux du pingouin.
– Qui a fait ça ? demande un gros bonobo.
Tout le monde se regarde.
Moi, je ne dis rien. Parce que j'ai toujours un peu peur des moqueries, mais aussi parce que j'aime bien les mystères.

Le pingouin s'approche et fait un signe du pouce dans notre direction, geste qui signifie à peu près partout dans le monde : *wouah super !*

Puis il repart et commence une nouvelle pingouinerie.
Plus grande que les autres, plus complexe.

Je le regarde, et je me dis que moi, je ne ferais pas comme ça. Que ce que je ferais, moi, ce serait vraiment mieux. Alors, d'un seul coup, sous les yeux ronds des copains, je descends de mon arbre, je sors de la jungle et je marche vers le pingouin en secouant la tête.

Il me regarde arriver, l'air ahuri.
Je fais plein de gestes. Il ne comprend toujours pas.
Alors je commence à déplacer ses pierres.
C'est long. Ça demande de la réflexion.
Lui, il m'observe sans dire un mot.

Quand j'ai enfin terminé, je l'attrape par la main et l'emmène vers la forêt. Peut-être qu'il a un peu peur, mais il me suit. Je le fais monter à l'arbre.

Et là, sur ma branche,
à quinze mètres du sol, il sourit,
épaté. Ravi. Et prend des photos.

Le pingouin me fait signe à son tour.
Signe de redescendre. Signe de le suivre.
Nous arrivons devant ses pierres ;
enfin, *nos* pierres.
Il me prend en photo devant et il
se prend en photo avec moi devant.

Deux jours plus tard, il ramasse son sac, marche vers nous, soulève son ombrelle en guise d'au revoir, puis tire une longue révérence.

Un peu décontenancé (je m'étais habitué à lui, je dois dire), je descends le saluer, imité par les autres. Et il repart comme il est arrivé.

Depuis, nous faisons presque tous des pingouineries, ici, aux portes du désert. Cela commence à se savoir. Les touristes sont nombreux à venir nous voir. Pour ne pas être trop envahis, nous en mangeons quelques-uns, parfois. Mais il en vient toujours plus.

Alors nous partons.
Nous nous enfonçons au plus profond de la jungle.
Le seul qui nous retrouve toujours, c'est lui. Mais il fait partie de la famille, à présent. Et nous de la sienne, je crois bien, car nous sommes tous devenus un peu pingouins.